SECOND
PANEGYRIC
AV ROY.

Traduit du Latin du S DE SAINCTEMARTHE.

NE fuitte de fubiects plus nobles & plus illuftres fe leue par ordre & en plus grande abondance deuant mes yeux: & tant d'efpreuues de genereux & diuin courage, faictes en peu de temps, rempliffent la terre d'exemples immortels de vertus, le Ciel de ioye, & vous, ô grand Roy, de loüanges immenfes & du tout incroyables. Car ce qui f'eft paffé depuis peu furmonte la force & les confeils des hommes, & ne doibt en façon quelconque eftre imputé au hazard, ou à vne fortune douteufe, mais à la prouidence de Dieu, & à la vertu de V. Maiefté: l'vne & l'autre vous ayant faict heureux iufques-là, que de repouffer les affaults les plus impetueux de la guerre ciuile: arrefter les mouuemens qui comme vents importuns s'eftoiét leuez dans les Prouinces: deffaire vos ennemis en campagne, dompter plufieurs villes rebelles, & puis leur donner le pardon & la paix qu'ils vous demandoient: Euader les maladies mortelles, & con-

A

tagieuſes, ſoit par l'intemperie de l'air, ſoit par les
eaux corrompues & gaſtées, ſoit par l'infection des
corps morts : en vn mot d'eſtre ſain eſchappé (ce
qui ne ſe peut ſans miracle, & ſans la faueur ſingu-
liere des Deſtinées) de tant & tant de dangers qui
vous ont enuironné : Et certes à bon droict, SIRE,
car V. M. a touſiours eu Dieu pour vengeur, la vertu pour protectrice de voſtre innocence, la Fortune de l'Empire pour compagne : Dieu vous a enuoyé Iuſte du Ciel en terre : voſtre Vertu vous a
eſleué grand, & magnanime : le Salut meſmes vous
a conſerué, & la Fortune porté iuſques au plus haut
degré d'vne Gloire qui ne mourra iamais. Le Bear
& l'Aquitaine ne vous ont ſeulement veu ces années paſſées, vainqueur, & inondant leurs pays
comme vn torrent; mais encor ne plus ne moins
qu'vn fleuue rapide, renuerſant tout depuis la Seine iuſques aux Pyrenées ; ayant en moins de ſix
mois ioint à voſtre Empire, & d'vn lien plus ferme
qu'elles n'eſtoient, quatre-vingts tant de villes, que
de chaſteaux ; & près de vingt Prouinces. Paris
vous a veu comme vn Soleil qui fait le tour du
monde en vn an, entrant chez ſoy, le tour de voſtre
monde François acheué dans le meſme terme, raſ-
ſerenant d'vn viſage benin toutes choſes, & les ramenant à vne paix certaine. Elle vous a receu, retournant auec vn front ſi martial & maieſtueux,
que ſoit que l'on conſideraſt la fleur de voſtre premiere ieuneſſe, ſoit la gloire recente que vous rem-
portiez de tant d'exploicts guerriers que vous auez
faicts; vous vous y eſtes faict paroiſtre vrayement
Prince conſtant, magnanime, inuincible, & admirable en force d'eſprit & de courage : bref voſtre
France vous a veu trois fois victorieux, en trois

ans, accumulant trophées sur trophées, victoires
sur victoires, en ce que vous auez à pleine main
cueilli la palme victorieuse, & l'oliue pacifique, non
pour des defpouilles vulgaires, mais pour des villes
prifes, des Prouinces entieres subiuguées, & mille
& mille peuples receuz en voſtre obeïſſance, apres
leur auoir donné la paix. Noſtre commencement
fera cefte heureufe forme d'Eſtat, par le moyen de
laquelle la France fleuriſſoit dans le repos, & la
tranquillité, lors que quelques-vns d'entre vos
ſubiects de la nouuelle opinion (car les autres font
demeurez dans le deuoir) ont contre les loix du
Royaume & vos iuſſions, faict vne aſſemblée teme-
raire à la Rochelle : Vous auez iugé que l'entreprife alloit à la diminution de voſtre Maieſté : que
cefte aſſemblée fe faiſoit fous vn pretexte de plain-
te, vain, ou pluſtoſt iniuſte ; & partant à l'inſtant
mefmes vous leur auez commandé qu'ils fe depar-
tiſſent : à quoy ſ'eſtans monſtrez defobeïſſans, quelques remonſtrances que leur en feit Monſieur le
Duc d'Eſdiguieres, voſtre Maieſté, contrainte &
forcée par la neceſſité de fes affaires, a enuoyé lettres au Parlement, par leſquelles ils font declarez
rebelles & criminels, ſ'ils ne fe defiſtent de leur entreprife : & pour ceux qui demeureront en voſtre
obeïſſance, ils font mis en la protection de vos E-
dicts. Ces aſſeurances grandes comme elles eſtoient
ne leur ont peu eſtre perfuadées ; l'obſtination ayāt
ce malheur qu'elle ne penfe iamais, ny à ce qu'elle
doibt, ny à ce qu'elle fera, ny à ce qui luy arriuera :
Vous allez à Fontaine-Belleau ne penſant à la
guerre, finon en tant que vous y feriez forcé par
l'iniure du mefpris faict à V. M. Au commencement on vous faict efperer quelque obeïſſance ; ce

qui faict differer de leuer nouuelles forces, mefmes
de faire des recreuës pour les vieilles : Mais en combien peu de temps les affaires du monde fe chan-
gent-elles ? de combien petits commencemens
voit-on naiftre de grandes guerres ? Vous leur ac-
cordez toutes les demandes qu'ils font, pouruen
qu'ils rompent ; & eux ils f'opiniaftrent au contraire : & ne font point tous vos peuples qui vous veulent faire la loy, mais vne affemblée compofée de
la moindre partie de voftre Eftat, & encor en cefte
affemblée la plus petite & plus abiecte partie d'v-
ne populace, qui s'enflant de l'efperance aueugle de
quelque heureux euenement, & ne confiderant les
dangers qui l'enuironnent, efpere temerairement
& fans prudence, dans les troubles & diuifions.
Qu'y feriez-vous ? Vous affemblez confeil : la
guerre eft refoluë, tant pour l'honneur de voftre
Majefté, que pour le falut de l'Eftat : Appuyé fur ce
confeil vous vous deliberez de furmonter toutes
les difficultez qui fe rencôtreront, & par voftre vertu, & par l'affeürance que vous auez en la bonne
Fortune, vous entreprenez la guerre de grand
courage, efperant auec l'ayde de Dieu de la para-
cheuer d'vn heur égal. Par voftre commandement
Monfeigneur le Prince fe tranfporte à Bourges, à ce
qù'il pouruoye aux Prouinces qui font de fon gouuernement, & encor aux voifines : Voftre Majefté
mefmes part de Fontaine-belleau, laiffant Monfieur
le Chancelier, pour retourner à Paris auec Monfieur le Prefident Iannyn, & Monfieur de Lomenie
Secretaire de vos Commandemens, & autres du
Confeil, à ce que tous enfemble ioints auec voftre
augufte Parlement, & Monfieur le Duc de Montbazon Gouuerneur de l'Ifle de France & de la mef-

me ville de Paris, veillent à sa conseruation, & des autres Prouinces circonuoisines : ce qui n'est faict qu'auec vne grande prudence, d'autant que pendant les mouuemens furieux de la derniere guerre, la France auoit ressenti auec combien de vigilance & de dexterité ils auoient trauaillé pour le bien de vostre seruice & de l'Estat. Cependant vostre Majesté s'achemine à Orleans, puis à Tours, où par sa seule presence elle appaise les flots naissants des seditions : & cela fait se met sur le Loire, y voguant iour & nuict. O Loire grand, ou plustost heureux, puis que l'on te confie vn depost de si grande importance : resiouïs-toy de ce bon-heur, tu portes Cesar & sa fortune : Rends-toy calme à ce qu'il descende fauorablement. Aussi vostre fortune, SIRE, a-t'elle vaincu l'inclemence du Ciel, & les iniures du temps : Vous estes porté sur le courant d'vn fleuue doux & paisible, & ainsi entrez-vous dans Saumur, dont à l'instant mesmes vous vous estes asseuré, par le moyen d'vne garnison pacifique, commandée par Monsieur le Comte de Saulx, fils de Monsieur le Mareschal de Crequy. Saumur s'estant renduë, toutes les autres ont medité pareilles submissions, leurs yeux & leurs esprits estans perpetuellement tournez de ce costé, pour considerer quel euenement auroit ou sa defection ou sa reddition : Loudun, quoy qu'en vostre absence, tient le premier rang en l'obeïssance & fidelité qu'il vous iure : Thouars en suitte, S. Maixant, Chastellerault, Niort, Fontenay, Maillesez, & Marans ; comme pareillement toutes les villes & chasteaux des Prouinces d'Anjou, Touraine & Poictou, qui ont esté traictées auec tant de douceur & d'humanité, qu'excepté les garnisons qui y ont esté

mifes, rien ne s'y eft changé: le tout au contraire eft
demeuré en fon entier, par cefte feule raifon, que
vous auez faict paroiftre plus d'amour & de clemence en vos commandemens, que de haine & de
terreur. Bref, vous vous y eftes comporté de forte
que vous y auez gaigné les cœurs & les courages
de toutes ces villes,& par ce moyen auez faict qu'il
n'a efté befoin que de peu de fieges, pour ramener
les autres à leur deuoir. S.Iean d'Angely ville de
Xainctonge, a refufé d'obeïr, d'autant que quelques Gentilshommes f'y eftoient retirez, excitans
& donnans courage à la rebellion : & partant quoy
que vous n'euffiez rien de preft pour vn fiege, mais
pluftoft pour receuoir de vos fubiects l'obeïffance
qui vous eft deuë,vous auez donné ordre que l'on
feit des recreuës, & au mefme inftant (ce qui ne
peut eftre attribué qu'à miracle) auez dict d'vn
efprit fainct & prophete, au commencement que
la ville fut affiegée, que vous y entreriez dans le
iour de S. Iean. Auffi comme il eft vray que les
Roys ont certaine grace & vertu particuliere à
prophetifer , ce bon Ange qui perpetuellement
vous affifte, ne vous a-il point deceu. Il y en
a qui remonftrent la fituation forte de la place,
qu'elle auoit des tours de hauteur inexpugnable, &
des foffez profonds , eftoit prodigieufement pour-
ueuë de canons, de balles, de pouldres, de vins, de
chairs,& de bleds;qui plus eft de Monfieur de Soubize de l'illuftre maifon de Rohan , & de plufieurs
gens de guerre: de forte qu'ils ne peuuent eftre
d'aduis du fiege : Ioinct les grandes difficultez que
le Roy Charles IX. y auoit receu quand il l'auoit
attaquée: Mais lors d'vn vifage gaillard, & d'vn
courage fans peur; Dieu, dictes-vous, a iufques à

prefent fauorifé nos commencemens , ie m'en pro-
mets vn heureux fuccez, dans le mois elle fera prife,
& ne fera point dict que i'y fuis venu pour neant :
Ce qui eft difficile, eft toufiours fuiuy d'honneur &
de loüange. Ces parolles dictes, vous campez auffi
toft deuant la ville, auec l'appareil de tous vos canons : vous y faites de grandes & fortes tranchées,
dont le trauail n'eft interrompu par les frequentes
forties que les affiegez font tous les iours. Outre
Monfieur de Luynes lors Conneftable , Monfieur
le Duc d'Efdiguieres , lors Grand Marefchal de
Camp en toutes vos armées , Monfieur de Schomberg Surintédant de vos finances, & depuis Grand
Maiftre de l'Artillerie qui vous y feruent , vous y
y eftes d'ailleurs affifté de quatre grands Princes de
Lorraine, Monfieur le Cardinal deGuife, Monfieur
le Prince de Ioinuille, Monfieur le Duc d'Elbeuf,
& Monfieur le Comte de Harcour , & de plufieurs
autres Grands, comme Monfieur le Duc d'Efpernon, Monfieur le Duc de Briffac, Monfieur le Marefchal de Chaunes, Monfieur le Duc de Luxembourg, Meffieurs les Marefchaux de Themines, de
Praflin, & de S. Geran , de Monfieur de Crequy
Maiftre de Camp du Regiment des Gardes , depuis
Marefchal de France, Monfieur de Termes Marefchal de Camp , & Monfieur de Baffompierre Co-
lonnel des Suiffes, & autres des premiers de voftre
Nobleffe, qui au bruit de ce fiege font accourus aupres de V. M. principalement Monfieur le Comte
d'Alez Colonel de la Caualerie legere, Monfieur le
Duc de Rets, Monfieur le Duc d'Haluin, Monfieur
le Duc de Rouannez, Monfieur le General des Galeres , & plufieurs autres fans nombre ; n'y ayant
perfonne tant foit peu cogneuë qui f'en difpenfe :

on y court de toutes parts, n'y ayant aucun qui ne
repute à deshonneur de ne vous feruir fidellement
en l'occafion d'vne guerre importante, & en laquelle par aufpices certains vous tendez à vne victoire infaillible : Cependant par le foing de Monfieur de Schomberg, vous faictes amener des principales villes, mefmes de Paris, l'Arfenal du Royaume, nombre de canons, de balles, de pouldres, &
inftruments de toute forte, la grandeur de la def-
penfe ne vous y faifant peur : Vous faictes plus ; du
iour que V. M. eft campée, d'vne charté de bleds &
autres viures qui eftoit en toutes ces Prouinces
confumées, & rauagées par tant d'années de guerre
ciuile, on voit par voftre preuoyance telle abondance de toutes chofes, & à fi vil prix, qu'à grand
peine vne pleine paix en euft-elle peu faire de mefme dans la fertilité des campagnes, & la tranquillité
des temps. Mais fur tout faut admirer auec combien de prudence & de pieté vous auez de l'aduis
de Monfieur le Cardinal de Rets, pourueu aux malades & bleffez, inftitué des hofpitaux dans l'armée,
choifi & ftipendié des Confeffeurs publics qui ont
le foing de mettre en bon eftat de leurs confcien-
ces, les malades & ceux qui font en dáger de mort :
auec quel foing vous auez faict venir des Medecins
pour les penfer auec affection & fuffifance : A cet
exemple plufieurs Dames de qualité des maifons
des Reynes les vont vifitant par les hofpitaux, en
ont foing, & non moins pieufes, qu'officieufes, leur
fourniffent ce qui leur eft neceffaire, tant pour vi-
ure, que pour les guerir : Et apres cela quelqu'vn
ofera dire que tant d'offices de pieté coulans en
vain & fans fruict, feront fruftrez de leur merite?
Ces chofes donc ainfi difpofées & heureufement
com-

commécées, les fommets des tours, & des murailles
font battus de deux caualiers d'exceffiue hauteur,
qui font dreffez en fort peu de temps, par le moyen
d'vn grand nombre de mineurs & pionniers affemblez à cet effect, qui cauans, & pied à pied renuer-
fans la terre deuant eux, couppent vn des efperons
ennemis. De ces platesformes, des canons de grandeur inaccouftumée fe tirent à toute heure contre
les toicts des maifons, & le hault de leurs defenfes :
& ja vos foldats fe font emparez des foffez, & fe
mettent foubs les murailles, fappans de forte les
fondements, que leurs mines larges & profondes
rencontrans celles des ennemis, ils percent iufques
dans la ville : & en fin, s'ils ne fe rendent, font par
deffoubs terre aux mains auec eux. Cependant les
Rochelois font des courfes frequentes pour fati-
guer l'armée : mais Monfieur le Duc de Luxembourg ne les repoulfe feulement, mais mefmes re-
cerche tous les artifices qui luy font poffibles pour
les attirer au combat : ce que neantmoins ils refu-
fent : ou fi quelques-vns d'entr'eux le veulent ha-
zarder, auffi toft accompagné du Sieur de Vicq
Lieutenant de la Compagnie des cheuaux legers
du Roy, il leur court fus, & les tournant en fuitte,
les contraint de fe retirer dans la Rochelle, auec
perte de plufieurs qui y font ou tuez, ou pris. La
ville cependant fe voyant preffée medite vne redu-
ction. Elle depute des habitans qui vous fupplient
de la receuoir en la fubmiffion qu'elle faict à voftre
Maiefté d'accepter telles loix que vous vainqueur
luy impoferez. La mort de Monfieur le Cardinal
de Guife emporté d'vne fieure de pourpre diminuë
la ioye d'vn euenement fi profpere, & ce felon la
couftume de la Fortune qui renuerfe ainfi les affai-

B

res des hommes, attrempant les ioyes de tristesses:
& neantmoins on traicte de la reddition de la ville,
& portent les articles de la composition que les
gens de pied porteront les armes soubs le bras, &
sortiront les enseignes pliées : & pour le regard de
Monsieur de Soubize, & autres Gentilshommes,
qu'ils sortiront en armes & à cheual. Luy & les autres flechissans le genoüil vous salüent, & auec
complimens vous demandent pardon : Vous le
leur donnez, & mesmes daignez luy parler, adiou-
stant que vous oublieriez toutes choses pourueu
qu'il demeure en la fidelité promise : qui sont pa-
roles de courtoisie & de generosité sans pareilles;
estans dictes par le victorieux au vaincu, par le
Prince à son subiect, & la bonté mesmes qui proce-
de de vostre vertu naturelle, estant si grande que
vous parlez à vostre ennemy. Neantmoins parmy
ceste douceur vous ne laissez de vouloir que la ville
prise soit à tout iamais marquée des stigmates de la
Rebellion : la notant d'vne condemnation meri-
tée, vous luy ostez ses priuileges : vous la faictes de-
manteler, & ce d'autant plus volontiers, que pen-
ant le siege vous auiez perdu Monsieur le Comte
e Montreüel Maistre de Camp du Regiment de
hampagne : Messieurs d'Escry, de Lauardin, de
Carbonnieres, Fauoles, Villandry, & plusieurs autres Gentilshommes : mesme que Monsieur le Duc
d'Elbeuf, de Crequy, Marquis de la Vallette, de
Humieres, de Rotelin, de Rouillac, de Vaillac, de
C. Chaumont, de Rabat, de Palluau, & plusieurs
autres y auoient esté blessez, quoy que l'ennemy
mis en fuitte, & la ville prise & demolie, console
égallement & les blessez & les morts. Pardonnez
seulement, belles & genereuses Ames, qui suruiuez,

& vous efprits heureux de tant d'hommes illuftres, pardonnez, fi vos noms & vos merites font icy ou paffez, ou moins expliquez : l'ordre de noftre entreprife ne peut permettre qu'ils f'examinent, & comptent exactement, foubs l'efperance que voftre vertu fera quelque iour vne moiffon abondante & fertile de plus grande hiftoire. Quant à vous, Grand Roy, voftre Prophetie n'a point manqué : la ville affiegée n'a peu refifter à fon deftin, voftre efprit diuin ayant predit ce que la neceffité des fatalitez deuoit parfaire : car le iour mefmes de S. Iean elle fe rend, & foubfmet le col vaincu foubs les loix du vainqueur : Scipion eftant en Efpagne au fiege de Bude, ne deuina plus heureufement ayant rendu iuftice au temps & lieu qu'il auoit dict, à ceux que de fon Tribunal il auoit remis au lendemain pour comparoir dans le Temple de la ville ennemie : Le Grand Alexandre ne prefagift pas plus iuftement que les armes des Perfes refplendiffantes d'or & d'argent, feroient la recompenfe de la victoire de fes foldats : tellement qu'il fe peut dire qu'il n'y a rien de plus affeuré que vos parolles, rien de plus veritable que voftre prefentiment, & rien de plus heureux & plus illuftre à V. M. que l'euenement. De là vous reduifez en voftre obeyffance comme en courant, Taillebourg, Pons, Talemont, & Roy-ans, & en vn feul inftant toutes les Prouinces de Xainctonge, Angoulmois, & Limofin, que par tout vous rendez fort paifibles. En l'vne de ces Prouin-ces reftoit la Rochelle qui fomentoit les rebelles plus opiniaftres, comme ville qui entre toutes les autres eft puiffante en armes, & en richeffes ; qui d'vn cofté baignée de la mer, de l'autre remparée de bonnes murailles & foffez, & par tout de rauelins

& bouleuars, faifoit horreur à ceux qui la vouloient
affieger, & par mefme moyen fembloit promettre
vn falut certain aux affiegez : De là fe faifoient tous
les iours des courfes qui troubloient la Prouince
d'Aulnis, & autres voifines : & c'eft pourquoy vous
donnez ordre à Monfieur d'Efpernon, digne &
prudent Gouuerneur du pays, à ce que non feulement il reprime leurs forties, mais mefmes que de
toutes parts il les tienne enfermez, defendant à qui
que ce foit l'entrée & la fortie de la ville. Il fe prepare courageufement à cefte entreprife : on luy
donne des troupes, auec lefquelles, ioint Monfieur
le Comte de la Rochefoucault lors Lieutenant du
Roy en Poictou, & maintenant Gouuerneur : de
Meffieurs d'Auriac, & Marquis de la Valette, de
Rouillac, de Biron, d'Authon, & autres, il arrefte
non feulement les ennemis quand ils fortent; leur
retranche toute l'efperance d'auoir des viures par
terre, mais encor les defaict en plufieurs côbats, &
met fi fouuent en fuite, qu'il les renferme dans leurs
murailles : ce que Monfieur de S. Luc Gouuerneur
de Broüage faict auffi de fa part, les pourfuiuant &
par mer & par terre. Mais combien, Grand Roy,
voftre paffage dans le Perigord a il efté heureux, a-
pres auoir fi fauorablement eftably vos affaires depuis la Seine iufques à la Garonne, & tant de villes
& chafteaux f'eftans remis en voftre obeïffance?
Bergerac, le gouuernement duquel eft donné à
Monfieur de Rambures, reçoit les loix du victorieux, comme Muffidan, Cadenac, & plufieurs autres places de la Prouince, & faites, Roy clement &
benin, qu'elles n'ont fubiect de fe repentir de f'eftre
volontairement renduës, d'autant qu'elles demeu-
rent entieres, tranquilles, & fans y receuoir aucun

dommage. De là V. M. se transporte en diligence
en Guyenne : Moissac, Castillon, Montsegur, Thonins, & autres villes se rendent, & n'y a que Clerac
qui ayme mieux souffrir le triste euenement d'vne
malheureuse & execrable rebellion, s'efforçant de
traicter insolemment auec vous : V. M. les refuse,
& auec raison, de sorte que le siege s'y prepare : Les
Sieurs Zamet, de Contenant, & de Vicq y font les
approches : & c'est là où Monsieur de Termes pre-
sentant la teste & la poitrine nuës aux coups, est
malheureusement blessé. O miserable la condition
des Princes & des Grands de nostre temps, qui re-
cerchans vn specieux, mais vain & nouueau genre
de mort, s'offrent au peril, nuds, sans armes & sans
crainte. Ainsi en vn combat confus & tumultueux
meurt ce braue & vaillant de Termes, comme il
veut (les ennemis tournez en fuitte) faire passer
vos soldats, animez de courage, iusques aux murs
assiegez : il meurt percé d'vne balle fatalle, & rend
sa belle ame entre les bras de vous son Prince : n'ayāt
la force de dire autre chose, que ce qui est du Ciel
& de la vie bien - heureuse, & pour tesmoigner
suffisamment aux loüanges immortelles qu'il en
doibt auoir, sa grandeur de courage, & la fidelité
qu'il doibt à V. M. Elle esmeuë d'vne iuste colere,
menace pour cette mort la ville de sang & de feu :
Elle est plus pressée qu'auparauant, & à peine peut-
on croire de quelle violence de canons ses murailles font battues : Ses habitans se voyans en vn peril
certain de mort, se lamentent, enuoyent des Deputez vers vostre Maiesté, se soubmettant eux &
leurs biens à sa discretion : & alors vaincu de pieté, vous leur pardonnez. Peu d'entre ceux qui a-
uoient allumé le flambeau de rebellion, chastiez du

dernier fupplice : ce qui, comme le fiege & la prife,
eſt par pluſieurs religieuſement imputé à vne ven-
geance diuine, d'autant que la ville ſ'eſtoit polluée
du ſang de tant de braues hommes, de Meſſieurs de
Termes, de Mailloc, de Meus. Cependant Monſeigneur le Prince amaſſe de ſon coſté des forces aux
Prouinces de Berry, & de Bourbonnois, où il vous
rend de tres-ſignalez & tres-fidelles ſeruices. Il préd
par compoſition Argenton, Sancerre, & autres
places qui ne pouuoient ſouffrir l'obeïſſance naturelle. Il range meſme ſoubs vos loix, Sully, chaſteau ſis ſur les bords de Loire, dans le gouuernement d'Orleans, aſſiſté qu'il eſt de Monſieur le
Comte de S. Paul Gouuerneur de la Prouince, qui
ia auoit pris Gergeau, & de Monſieur le Mareſchal
de Vitry : Et tout cela eſt faict par Monſeigneur le
Prince auec vn ſuccez ſi heureux, qu'il ne comble
pas ſeulement de felicité les Prouinces qui eſtoient
de ſa charge, mais encor les voiſines, tout le pays à
la ronde, Paris meſmes, quoy que fort eſloigné ;
remportant de grandes loüanges de geſtes ſi memorables, & eſtouffant les tumultes naiſſants depuis Loire iuſques à l'Ocean. Monſieur le Duc de
Longueuille Gouuerneur de Normandie, & autres
Princes & Grands, trauaillent auec vn auſſi grand
ſoing pour aſſeurer leurs Gouuernemens : ceux qui
ſont en l'armée veillent tout de meſmes ; de ſorte
que chacun en quelque endroict qu'il ſoit, ſe porte
de toute ſon affection au ſeruice de V. M. Et ne plus
ne moins que le Soleil n'illuſtre pas ſeulement de
ſes rayons brillans, la partie du monde où il faict
naiſtre le iour, mais toutes les terres vniuerſelle-
ment qu'il veoit, en ſe leuant ou couchant : Ainſi
voſtre preſence ne produict pas ſeulement des ef-

fects puiſſans , mais meſmes les Princes du ſang &
Gouuerneurs, en la face deſquels on remarque vne
partie non petite de V. M. ou repriment les tumultes populaires, ou preſſent de ſieges les villes rebelles, ou combattent tellement ſoubs vos auſpices,
que par tout ils eſpandent la ſplendeur de voſtre
puiſſance Royalle. Cependant les Grands qui ſont
aupres de voſtre perſonne ſuiuent diligemment
vos veſtiges, executent courageuſement vos con-
ſeils, veillent tous ſoigneuſement, & auec prudence
à voſtre conſeruation, & vous retirent tant qu'ils
peuuent des dangers dans leſquels d'vne ardeur
ieune & martiale vous prenez plaiſir de vous mettre. Suruient le ſiege laborieux, difficile & cruel de
Montauban, où vous auiez tourné vos pas : ville
inexpugnable de ſa nature, & par les fortifications
nouuelles qui y ont eſté faictes, & qui orgueilleuſe
oſe refuſer l'obeïſſance à la douceur de vos commandemens : Monſieur le Duc de Mayenne Gouuerneur de Guyenne y eſt incontinent mandé : Il
auoit remis au deuoir vne infinité de villes rebelles,
ou par l'authorité de voſtre nom, ou par la force
des armes; entre autres Gaulmont par l'aſſiſtance
qu'il eut des Regimens des braues Sieurs de Suze,
d'Ornane, Saincte Croix, & Barauld: Nerac, Tar-
tas, Mont-de-Marſan, Alby, & pluſieurs autres qu'il
auoit entierement ruinées, comme contraires à
Tholoze, & fauoriſans Montauban. Par le commandement donc de V. M. on y prepare pluſieurs
ſortes de munitions de guerre & d'artillerie, & y
fait-on des tranchées, auſquelles Monſieur le Conneſtable de Luynes, Meſſieurs les Ducs de Mayenne
& d'Eſdiguieres, Meſſieurs de Praſlin & de Chaul-
nes commandent dignement : chacun veille à ſon

trauail iour & nuict, excitant les Ingenieurs expe-
rimentez qui les ont entrepris, de conduire les
tranchées, & esseuer les caualiers que l'on a resolu
d'y dresser. Monsieur le Comte de Schomberg a le
soing de ce qui concerne l'artillerie, comme pareillement des finances, se portant en l'vne & l'autre
charge prudemment & genereusement, & y faisant
paroistre selon les occasions, mille preuues de son
grand & vertueux courage. Comme le siege se
continuë, Monsieur le Duc de Vendosme est mandé, qui aussi tost ayant appaisé la Bretagne, y court
à grandes iournées, auec vne trouppe gaillarde de
Cauallerie, comme faict aussi Monsieur le Duc de
Nemours apres auoir recouuré sa santé. Presque
en mesme temps vous receuez lettres de nostre
S. Pere le Pape Gregoire XV. qui vous estant enuoyées par Monsieur le Marquis de Cœuures vostre Ambassadeur à Rome vous exaltent iusques au
Ciel, loüans vne si genereuse entreprise, & vous de-
sirant toutes sortes de progrez prosperes, à l'honneur du S. Siege, duquel sa Saincteté vous recognoist volontiers le fils aisné, mesme le vaillant &
inuincible Protecteur. En ce mesme temps aussi
vous vient trouuer l'Ambassadeur d'Angleterre,
non pour vous dire, que le Serenissime Roy son
Prince adhere ou vueille donner du secours à telle
faction & rebellion (car luy qui est Prince prudent
& sage auoit resolument reietté l'enuie de ceste
protection, comme Monsieur le Comte de Tillie-
res qui estoit vostre Ambassadeur aupres de luy, en
auoit donné aduis) mais afin de parler à V.M. d'autres affaires de tres-grande importance : Ce que
font aussi les Estats de Hollande, vous ayans deputé
des hommes & sages & pleins d'affection au repos
&

& tranquillité du public : de forte qu'il eft vray de dire que de toutes les parts du monde, vous rece-uez des congratulations, mefmes des Princes les plus efloignez de vous, qui en cette occafion vous promettent toutes fortes d'offices & de debuoirs. Cependant Monfieur le Duc de Rohan prepare du fecours pour ietter dans la ville affiegée : de-quoy voftre Majefté ayant aduis, à l'heure mef-me elle commande à Monfieur le Duc d'Angoulef-me fraifchement de retour de fon Ambaffade d'A-lemagne, à Monfieur le Comte d'Alez fon fils, & à Monfieur de la Curée d'aller au deuant : ce qu'ils font auec tant de fortune, qu'ayant deffaict entie-rement le Marquis de Malauze, ils ferment auffi le paffage à Monfieur de Rohan. A cefte expedition fe ioignent les troupes de Monfieur le Duc de Montmorancy, conduites par Monfieur le Marquis de Portes, par la valeur defquelles, mefmes de quelques Seigneurs du pays, l'ennemy eft en plu-fieurs rencontres repoulfé iufques dans les murail-les de Caftres : & neantmoins d'autant qu'il eftoit bruit que les affiegez imploroient le fecours des Allemans, & des Suiffes, Monfieur le Duc de Ne-uers Gouuerneur de Champagne, & Monfieur le Grand Gouuerneur de Bourgongne, pouruoyent de leur part à ce que la France ne reçoiue aucun dommage des eftrangers : Pendant que l'on veille ainfi à ce qui eft du dehors, ceux de dedans font des forties frequentes, où fouuent ils font repoul-fez auec tant de chaleur, qu'ils font contraints de rentrer plus viftes qu'ils ne fortent, non toutesfois fans perte de nombre de grands Seigneurs qui y font demeurez en diuers temps, entre autres du Marquis de Themines, fils aifné de Monfieur le

C

Mareschal son pere, du Comte de Fiesque, des
Sieurs d'Estissac, de Valancey, d'Estiaux, de la Frette, de Prie, de Carbon, de Forilles le pere, & de la
Guesle, sans les blessez, entre lesquels on compte
Messieurs les Mareschaux de Themines & de Pras-
lin, Monsieur le Comte de Carmain, Monsieur le
Marquis de Sourdis, les Sieurs de Valancey freres,
de Zamet, de Riberac, Baron de la Croix, de Thoe-
ras, de Barauld, & plusieurs autres, qui tous ont fait
en ce siege des actes memorables, & dignes de l'eter-
nité. Et lors de vray l'agitation des dagers douteux
& reciproques, la perplexité mesmes en laquelle se
trouuent les affaires, commence à tramer des retar-
demens qui ne peuuét estre euitez par les meilleurs
Capitaines. Vous soustenez, Prince inuincible, les
assaults de cette cruelle fortune, d'vne force égallement grande de corps & d'esprit. Vous veillez
en tout temps, & à vostre armée & au siege : & en-
cores que soyez detenu en vne affaire si longue & si
perilleuse, vous ne laissez pourtant, ou de vous es-
batïre en deuis familiers auec les Grands qui sont
aupres de vostre personne, ou bien quelquesfois
quand il vous est permis, d'adoucir au vol & plaisir
des oyseaux, les ennuys de vos trauaux guerriers :
quoy que ce soit, on veoit luire en V. M. vne si
merueilleuse constance, & vn visage tant égal, que
soit dans le serein, soit dans les nuages les plus tri-
stes & plus obscurs de vos affaires, vous paroissez
tousiours gardant vn mesme estat de tranquillité
d'esprit : Imitant de la façon la palme, digne ornement de vostre dextre victorieuse, qui releuant en
Esté comme en Hyuer, l'honneur tousiours verd de
ses branches, sort premierement de la terre petite
& menuë, & puis croissant auec le temps, porte ses

longues fueilles iufques au Ciel, chargée en fon
fommet de Dattes agreables : Depuis que par l'aage il vous a efté permis de tenir le timon de voftre
Empire, qu'auez-vous autre chofe produict, que
des fruicts doux & fuaues, de conftance & de vertu?
dont neantmoins il ne fe faut eftonner : Car fi le
Deftin vous a donné en partage la Nobleffe du
plus illuftre fang de la terre, auec les forces de la
plus grande puiffance qui f'y voye; la Vertu de fon
cofté vous a impetré de Dieu vn haut courage, vne
force & perfeuerance inimitable: de forte que vous
fçauez vous accommoder prudemment & courageufement enfemble, aux euenemens du temps, &
aux raifons des confeils variables. Le cours du fiege
eft auffi pour vn temps retardé, par l'accidēt du feu
d'vn canon qui portant fes eftincelles dans les nuës
tombe d'en hault, dans des barils de pouldre : tellement que iettant des boules de feu, & courant lar-
gement çà & là, le malheur veut que Monfieur le
Marquis de Villars, Monfieur de Riberac fils, &
quelques autres Gentilshommes en font emportez,
& confumez d'vn genre de mort grandement pitoyable : & font ces malheurs auantcoureurs d'autres plus grands maux. Car quelque temps apres,
comme Monfieur le Duc de Mayenne eft à fon
trauail, & que d'vn efprit ingenieux & entreprenāt
il excite le foldat qui eft affidu dans fes tranchées,
il tombe fubitement frappé d'vne harquebufade.
Monfieur le Duc de Guife eftoit lors accouru de
Prouence en l'armée, receu fauorablement de V.M.
d'autant qu'il auoit laiffé cefte Prouince paifible &
tranquille, l'ayant garantie de toutes entreprifes des
ennemis : Par hazard Monfieur de Mayenne luy
monftroit, & à Monfieur le Comte de Schomberg,

l'auancement de l'ouurage qu'il auoit commencé, quand frappé mortellemét en l'œil d'vne balle, qui premierement auoit percé le chapeau de Monſieur de Schomberg, il réd l'ame genereuſe entre les bras de ce Prince ſon couſin : C'eſtoit vn heros de vertu & de fortune incomparable, faiſant paroiſtre vne grandeur naturelle dans ſon eſprit, la conſtance au cœur, la vertu dans la bouche, & la force en la main : Et le malheur n'eſt ſeulement cruel aux gens de guerre, car Monſieur le Garde des Seaulx du Vair, l'ornement de la Iuſtice, & des lettres les plus polies, y meurt entre les mains de Monſieur Ribier Conſeiller d'Eſtat, comme auſſi Monſieur de Pont-chartrain, (à qui Monſieur d'Herbaut ſuccede quelque temps apres) & Monſieur de Seaux, dont les vertus ſont fidellement reparées par Monſieur de Piſieux, & Monſieur de la Ville-aux-Clers tous deux Conſeillers en voſtre Conſeil Priué, & dignes Secretaires de vos Commandemens, qui leur ont ſuccedé. Et quoy ? Monſieur du Perron Archeueſque de Sens, Meſſieurs les Eueſques de Carcaſſonne, de Marſeille, de Valence, & pluſieurs autres Prelats, tous Conſeillers d'Eſtat, y ſont meſmes emportez prematurément, & contre les vœux de tout le monde : combien qu'à vray dire ils n'ayent peu mourir en vne plus noble ny plus neceſſaire occaſion, perdans la vie deuant leur Prince, pour luy & pour le ſalut du Royaume. Ne faut pareillement obmettre ce qui pendant ce ſiege arriue à Paris, où des gens perdus, factieux, & de la bouë du peuple, excitent ſedition ſoubs pretexte de Religion contre quelques particuliers de la nouuelle opinion : Sedition qui toutesfois eſt incontinét appaiſée, les autheurs pris, condamnez, & chaſtiez d'vn ſupplice merité :

estant de plus & au mesme instant donné arrest qui
donne de la terreur aux meschans, de la ioye aux
gens de bien, & de l'asseurance aux peuples de l'o-
pinion contraire. Par vne pareille prudence de
vostre Parlement, on va au deuant d'vn feu rapide,
qui fortuitemét, & neantmoins d'vne vistesse merueilleuse a consumé le Pont Marchant, & celuy des
Changeurs: En ces Ponts, le fondement & les plan-
chers des maisons estoient d'aiz assemblez : les murailles & les cloisons composées de bois, & de
clayes, le tout enduict & frotté de gouldron & de
poix noire & bruslée, à dessein que l'eau ne pene-
trast par les fentes. Mais comme le feu eut vne fois
gaigné ceste gomme & poix, grasses & gluantes,
incontinent il court par tout ; & sautant du bas
au haut des toicts, deuore dessus & dessoubs, ais,
aissieux, poultres, soliues, bref les maisons entieres. Dans les ondes mesmes on veoit brusler la
poix, le gouldron, & les pieces de bois toutes entieres, la Seine ne pouuant esteindre ceste flamme, sur-
montée qu'elle est de ces graisses & poix-resines
qui nourrissent le feu : En fin les Ponts bruslez &
consumez, le feu s'appaise & s'affoiblit, & en auez,
S I R E, commandé le restablissement, ensemble de
vostre Palais Royal qu'vn pareil accident auoit
bruslé ces années passées : Et certes auec grande
raison : Car nous ne voyons point cet edifice le
plus auguste de toute la terre, le siege d'Astrée
depuis qu'elle est tombée du Ciel, la demeure
de vostre grand ayeul Sainct Louys, commencé par Philippes le Bel, & acheué par Louys X.
nous ne le voyons point, dy-je, esleué comme il est
depuis les fondemens, & auec plus grande despen-
se & magnificence, que iamais, sans mystere. Mais,

C iij

Grand Roy, comment diray-ie que plus la Fortune
vous liure d'assaults impetueux, & plus vous ra-
massez vigoureusement vos esprits? La plus petite
partie de vostre armée vous reste: vne maladie con-
tagieuse en auoit emporté plusieurs: vn grãd nombre s'estoit retiré chez soy: vn autre demeuroit au
camp & aux villes voisines, blessée ou malade: &
neantmoins vous prenez tellement soing de ce
reste, que vous en acquerez le nom & le tiltre, non
seulement de Pere de la Patrie, mais encor des villes, de tout le monde, mesmes des armées; & l'auez
auec autant de merite, qu'autresfois Auguste, Antonin, Hadrian, & peu d'autres, d'autant plus faci-
les à compter, qu'ils estoient bons & braues Empe-
reurs: Et parmy tout ce trauail d'esprit, vous estes
aussi grandement inquieté de la maladie de Monsieur Frere de V. M. que vous auiez commis au
soing & gouuernement de Monsieur le Colonel
d'Ornane, & qui sans doute sera quelque iour
l'honneur & l'ornement de son siecle. Mais quoy?
iamais ceux à qui toutes choses sont prosperes,
n'ont vne gloire vrayement brillante, mais bien
ceux ausquels elle reluit dans les trauaux, les veilles,
& les miseres. Voicy que Dieu fauorise maintenant
vos desseings: en peu de temps, & par la grace
singuliere de la Fortune, le secours qui veut entrer
dans Montauban est deffaict: Ils auoient tant d'audace & de confiance, que soit qu'ils y fussent portez par la necessité des assiegez, soit par vne vaine
ostentation, ils tentoient de forcer le camp, &
entrer dans la ville: Diuisez qu'ils estoient en
trois trouppes, ils y estoient arriuez sans bruit, par
des chemins pleins d'ombrages, de fossez, de brous-
sailles, de marais, & de bois, prenans l'occasion de

la nuict. Ils veulent au commencement forcer les
tranchées où estoient les Regimens de Normandie
& de Stissac: mais ayant esté vaillamment defen-
duës, & la chose ne leur succedant, ils tournent vers
l'autre camp, qu'ils attaquent en vain, d'autant que
Monsieur le Mareschal de Bassompierre allant par
hazard ailleurs auec quatre cens Suisses les faict
charger: Ils ne peuuent soustenir l'attaque d'vn si
braue Chef: A la premiere rencontre ils prennent
la fuitte: grand nombre d'entr'eux demeure sur la
place, plusieurs sont pris auec leur Capitaine, les
autres veulent reprendre le chemin qu'ils auoient
tenu pour se sauuer: mais les passages estans fermez
par le conseil de Monsieur le Connestable, les fuy-
ards sont en partie taillez en pieces par le Comte
d'Ayen, & partie faicts prisonniers; quoy que soit,
peu s'eschappent; qui est cause que l'on en faict des
processions publiques, & en sont les enseignes pri-
ses enuoyées à la Reyne vostre tres-auguste Espou-
se: le haut & Royal courage qui agist en vous ne
pouuant rien obmettre de ce qui est de l'honneur
& la courtoisie: & mesmes vous ayant persuadé ce
deuoir, que d'enuoyer à la Reyne vostre Mere,
Monsieur de Preaux pour la saluer de vostre part,
& luy communiquer de plusieurs affaires d'importance. Cependant vne action si noble & si genereuse accroist à vos soldats, quoy que naturellement
animez, le courage & l'enuie de bien faire: comme
au contraire la vigueur que les ennemis souloient
auoir, commence à se refroidir, & de telle sorte,
qu'ils enuoyent des Deputez pour auoir la paix:
V. M. neantmoins ne s'enfle d'vn succez si prospe-
re: vous retenez la victoire auec le frein, vous vous
vainquez vainqueur, & commandez à vous mes-

mes, ramenant l'ennemy d'vn fol defefpoir à l'efperance de fon falut : Monfieur de Blainuille maiftre
de voftre Garderobbe eft deputé vers Monfieur de
Rohan qui le defiroit, & le Sieur Defplan eft enuoyé dans la ville : on conuient du iour & du lieu
que Monfieur le Conneftable doibt parler à Monfieur de Rohan : Ils conferent apres auoir donné
reciproquement leur foy. Et c'eft enuiron ce temps
que Monfieur le Duc de Montmorancy amena ces
braues & genereufes trouppes, qui auoient foubs
vn tel chef faict tant d'exploicts guerriers dans le
Languedoc; Prouince qui d'ailleurs rend tefmoignage des grands feruices que Monfieur le Duc de
Vantadour y a rendus à V. M. Et partant ayant
auffi receu les trouppes du Marquis de Villeroy,
vous commandez que l'on recommence la batte-
rie : il y pleut vne telle grefle de canonnades, que
plufieurs des affiegez y font tuez, & grand efpace
de foffez rempli de ruines. Et ne vous empefchent
les pluyes continuës qui f'y font, quoy qu'eftans
tombées en terre graffe, & l'eau ne pouuant eftre
tirée, ny f'efcouler, le foldat foit contraint de demeurer parmy les fanges, & fe voye à demy noyé
dans les tranchées : Ne vous en retire non plus la
faifon fafcheufe d'Automne qui trauaille fi mifera-
blement les gens de guerre de maladies mortelles
& contagieufes, que tous les iours le nombre fe
multipliant, plufieurs y perdent la vie : & pour les
autres, ils f'y voyent fi languiffans & tant difformes
de maigreur procedante des longues veilles, grands
trauaux, & frequents combats qu'ils ont faicts auec
les ennemis, qu'ils font prefque incapables de fe
fouftenir. Mais voicy cóme vous eftes fur le poinct
d'entrer dans la ville : qu'il femble que le foldat
vainqueur

vainqueur la vueille desfigurer de sang, & de seu,
& que vray-semblablement elle ne peut éuiter le
sac & le pillage. Alors vous qui estes Prince de
douceur, & né soubs vn Astre benin pour le salut
de tous vos subiects, vous deliberez de preferer
la clemence & l'humanité à la victoire que vous
auez dans les mains. Les chemins occupez par vos
gens de guerre,& les passages fermez, vous faictes
traisner le siege, iugeant qu'il falloit attendre vn
autre temps qui ameneroit les assiegez à se repentir
de leur faute ; ou bien à estre chastiez, comme ils
doiuent, de leur temerité. Cependant ayant nouuelles que Monsieur s'estoit rebellé, vous enuoyez
deuant Monsieur le Mareschal de Roquelaure, &
Monsieur de Bassompierre pour attaquer la place :
de là vous allez à Tholoze, où vous estes receu auec
allegresse par les habitans, & puis incontinent cou-
rez au siege, où le Sieur Marquis de Lozieres est
blessé à mort d'vne mousquetade, & Monsieur
le Connestable de Luynes meurt de maladie, non
sans vne grande tristesse que vous en conceuez en
l'esprit, & vn regret extreme d'auoir perdu vn si
fidelle & affectionné seruiteur. Et c'est lors, SIRE,
que vous seul prenez tout le soing de la guerre, &
soit en conseillant, soit en agissant fortement, que
vous restaurez les forces de vostre armée languis-
sante, rendez le courage aux Capitaines, & par ce
moyen acquerez au iugemét de tous des loüanges
singulieres d'experience, de prudence, & d'industrie
pleine d'effects, en la premiere fleur de vostre aage:
Comme faisant le circuit des tranchées, vous con-
siderez les forteresses & murailles de la ville, vous
ordónez, quoy que quelquesvns le dissuadent sans
raison, que l'on attaque les principaux esperons

D

par mines, faifant battre les angles des murs qui
auancent, & dont les affiegez font couuerts: de forte qu'en peu de temps vous les reduifez en pouldre,
& faictes que les flancs paroiffent à defcouuert,
n'ofans plus ceux de dedans fe monftrer fur les murailles, qui eft le feul moyen par lequel en fin, apres
auoir reietté la penfée qu'ils auoiét de fe deffendre,
& faict entrer Monfieur de Montefpan pour fça-
uoir la compofition qu'on leur feroit : ils fe refol-
uent de fe mettre en voftre obeïffance: Au plus fort
de l'Hyuer, & le vingtiefme iour du fiege cefte place fe prend : les habitans & le fecours qui y eftoit
entré, fortent la vie fauue : le pillage fe donne aux
foldats , & puis la ville fe brufle. Pendant quoy
V. M. ne mefprife le foing pieux & digne vrayemét
d'vn Prince Iufte, de conferuer les filles & les fem-
mes, les tirant toutes de la fureur infolente des foldats , & les faifant paffer entieres & non violées de
l'autre cofté de la riuiere : Qui certes eft vne action
que la pofterité ne mettra iamais en oubly. Les chofes ainfi paffées, V. M. fe tranfporte à Bourdeaux,
où elle donne les Sceaulx à feu Monfieur de Vicq,
homme d'excellente erudition, d'integrité recommandable, & de grande experience : pourueoit à la
feureté de la Guyenne, du Languedoc, & des Prouinces voifines ; & puis reprend en diligence fon
chemin, & entre en fa ville de Paris accompagné
de Monfieur fon Frere, de Meffeigneurs le Prince &
Comte de Soiffons, & autres Seigneurs de la premiere marque, enuiron le commencement de l'année fix cents vingt-deux, iour dedié à S. Charlemagne : pour dire que les deftins veulent que vous
qui reprefentez Charlemagne en puiffance & pieté, & en grandeur de courage, entriez victorieux

dans la ville capitalle du Royaume le iour confacré
à vn fi grand & redoutable Empereur : Puis apres
en auoir deliberé , on vous prepare en armes vne
entrée magnifique : Marchent deuant & felon la
couftume , Monfieur le Duc de Montbazon Gouuerneur de la villé , & de l'Ifle de France , Monfieur
de Mefmes Prefidenr en voftre Cour deParlement,
&Preuoft desMarchands, le Sieur Preuoft de Paris,
&Monfieur de Bailleul Lieutenant Ciuil:marchent
auffi les Compagnies de la ville , conduictes par
Monfieur le Prefident de Cheury : Pour V. M. elle
eft faliüée dans l'Eglife de Noftre Dame auec vne
grande allegreffe de Meffieurs les Cardinaux de la
Rochefoucault & de Rets , enfemble de tout le
Clergé : & y eftes receu auec vne ioye incroyable
& acclamation de tous, par Monfieur de Verdun,
Prince & Premier Prefident de ce Grãd Senat,vous
faifant entendre de viue voix les vœux communs
de Meffieurs les Prefidens Seguier,de Hacqueuille,
le Iay,de Bellieure, & Potier, & de tout voftre Parlement , & encor de ces dignes triumuirs Meffieurs
Seruin,Molé,&Talon ,vos Aduocats & Procureur
Generaux:Vous y remarquez mefmes les affections
fingulieres de la Chãbre des Comptes,tefmoignées
par Monfieur de Nicolay Premier Prefidét,& de la
Cour des Aydes par Mr Cheualier auffi Premier
Prefidét.De l'Eglifevous allez en voftre magnifique
& fomptueux Chafteau du Louure,vous rédant nõ
feulement admirable par l'alliance perpetuelle que
Vous faictes de voftre Valeur auec voftre Clemence,mais encor digne & meritãt d'eftre regardé pour
le laurier triomphant,&les armes victorieufes dont
vous eftes couuert. Or Paris fembloit lors le fiege
du repos & de la tranquillité; & neantmoins de ce

repos vous vous portez incontinent au trauail, &
renouuellez auec l'an naiffant les labeurs accouftu-
mez de la guerre, & d'vn heureux augure preparez
l'entrée à chofes plus grandes: Vous dreffez vne
puiffante armée de mer contre les Rochelois qui
f'eftoient vantez par la cognoiffance qu'ils ont de
la marine & des vents, & par la longue poffeffion en
laquelle ils font de cet element, de pouuoir conferuer l'Empire de l'Ocean : Pour chaftier leur vani-
té, vous affemblez grand nombre de vaiffeaux , entre autres ce gallion effroyable de Malte, ordonnãt
du nombre & de la qualité des nauires , du choix
des foldats, des preparatifs de canons, de balles, de
viures, & de tous les frais qu'il y faut faire : & fans
ceffe prenez garde à ce que l'armée equippée de
tout ce qui luy eft neceffaire, foit en mer dans l'Efté
prochain : Vous luy donnez, & auec merite, Monfieur le Duc de Guife Gouuerneur de Prouence, &
Grand Admiral de toutes les mers de Leuant, pour
chef: Monfieur le General des Galeres, Meffieurs de
S. Luc, de Rouillac, de Montgommery Courbo-
zon , le Cheualier de la Valette, de Vinciguere &
plufieurs autres fe ioignent à luy ; fi que toute l'armée vogue en pleine mer , & arriue en fin au port
apres vne longue & heureufe nauigation, Neptune
pouffant de fon trident vos vaiffeaux , qui font re-
marquables par leurs eftendarts femez de fleurs
de lys, & formidables au plus fuperbe & plus au-
dacieux ennemy qui foit, leur donnant le vent en
pouppe , & portant la main à leurs gouuernaux
pour marcher dans vne mer paifible & tranquille.
Or pendant que cefte flotte court à pleins voiles &
à toutes rames dans l'Ocean, V. M. prepare vn autre voyage: Elle enuoye Monfieur le Commandeur

de Sillery fon Ambaffadeur à Rome pour plufieurs
raifons, & principalement pour l'honneur de la
Sainéteté du Siege : Elle pouruoit encor aux fron-
tieres d'Artois, & des Pays bas, donnant les Gouuernemens d'Amiens à Monfieur le Duc de Chaul-
nes, de Boulongne à Monfieur d'Aumont, de Ca-
lais à Monfieur de Palaifeau, de Ham à Monfieur
de Preaux, & autres Gouuernemens de places &
Chafteaux à d'autres Seigneurs de fidelité reco-
gneuë : & cela faiét, preparez la guerre en Guyenne,& vous mettez promptement en chemin auec
refolution d'affieger les rebelles par mer & par terre. Cependant Monfieur le Duc d'Efdiguieres ayát
repris Bayes & Pouffin fur le Rhofne,trauaille de fa
part à la paix, & de voftre permiffion entre en con-
ferencé auec Monfieur le Duc de Rohan : mais
comme ce traiété fe faiét,que pouuoit-il arriuer de
plus admirable ny plus digne de V. M. & de fa fortune, que cefte deffaiéte prompte & inopinée des
trouppes de Monfieur de Soubize ? Ayant fceu
leurs rauages, & le degaft entierement pitoyable
qu'ils auoient faiét dans le bas Poiétou, vous volez
incontinent par les chemins,& eftant defcendu fur
Loire arriuez à Nantes : Le fieur de Soubize n'en
eftoit loing auec fon armée, & quelques canons
qu'il auoit; de forte que redoubtant voftre venuë,
il fe retire dans l'Ifle de Riez, clofe de la riuiere de
Vie : le Sieur de Soifay eft enuoyé par Monfieur le
Comte de Schomberg pour recognoiftre le lieu, &
fon rapport ouy, à l'heure mefmes vous vous refol-
uez de paffer & le fleuue & le flux de la mer qui
lors y eftoit, pour promptement attaquer les ennemis : Voftre refolution communiquée à Monfeigneur le Prince & à Monfieur le Comte de Schom-

berg, ils la loüent grandemét, & de plus vous dient
que la celerité eſtoit d'autant plus importante pour
la victoire que vous ſçauiez que la fortune y pou-
uoit tout; en vn mot que l'vne & l'autre produiſoit
d'admirables effects : & partant ſoubs la faueur de
la nuict qui lors eſtoit plus claire que de couſtume,
ayant paſſé des chemins faſcheux non accouſtu-
mez, & d'ailleurs empeſchez par l'inondation des
eaux, meſmes ſurpaſſé des guez difficiles, comme on
ſçait vers les riuages de la mer : Vous attaquez l'ennemy à l'improuiſte, entrant dans l'Iſle auec trois
gros que vous faictes ſeparément commander par
Monſeigneur le Prince, Monſieur le Mareſchal de
Vitry, & Monſieur le Comte de la Rochefoucauld,
outre quelques auantcoureurs dont Monſieur de
Baſſompierre eſtoit chef : Monſeigneur le Prince
ayant pris les trouppes que V. M. luy auoit deſtinées, regarde de toutes parts ſ'il peut faire quelque
progrez, ſoit par ſa diligence accouſtumée, ſoit par
le temps qu'il prend à propos ; ayant en peu d'heure faict contre l'opinion de tous, vn grand chemin,
& paſſé les ſables qui y ſont, auec autant de dexterité, que de courage, il vous mande qu'il eſt beſoing
que V. M. ſ'approche, que le temps & le lieu ſe
ſont preſentez propres pour attaquer heureuſemét
les ennemis : qui faict qu'à l'heure meſmes mon-
tant à cheual, où vous eſtes quinze heures entieres,
vous conduiſez le reſte des trouppes ſur le riuage
prochain de la riuiere, & vous efforcez de la paſſer
à nage, enſemble les marais que la mer y faict : le
flux vous eſt contraire, en ce qu'il ſemble retourner
trop lentement, & neātmoins V. M. impatiente do
combat, & de la victoire, paſſe la premiere dans la
terre ennemie, quoy que le peril ne ſoit petit, par la

hauteur du fleuue, que le flux de la mer auoit enflé :
Les gens de pied vous fuiuent auffi toft, & paroiffent auec Monfieur de Baffompierre & fes Suiffes,
au milieu des eaux, fans crainte de l'impetuofité du
fleuue, non plus que de la mer qui ne s'abbaiffoit
encor : & ainfi paffe l'armée fans peril : & ne plus ne
moins que Dieu tres-puiffant feit paffer fon peuple
au trauers de la mer rouge d'vn pied fec, ayant ar-
refté les flots de l'vn & l'autre cofté, tout ainfi que
deux murailles de marbre; ou bien qu'il le condui-
fit fain & fauf dans le defert, couuert le long du iour
d'vne nuë contre l'ardeur du Soleil, & la nuict l'ef-
clairant d'vne colomne de feu : de mefmes vous
mene-t'il cefte nuict foubs la clarté d'vn aftre bril-
lant, & retient-il par vne prouidence fpecialle, le
flux & reflux de la mer, tant qu'il femble eftre à propos, pour le bien de vos affaires; en vn mot vous
deffend heureufement du haut du Ciel, expofé que
vous vous eftes à tant de fortes de perils. Là fe ioignent à V. M. Monfeigneur le Prince, & Monfieur
le Comte de Schomberg, de l'ayde & du confeil
defquels vous auez rendu tefmoignage honorable
par lettres publiques, que vous vous eftes ferui en
cefte memorable expedition : f'y trouue auffi Monfeigneur le Comte de Soiffons, Meffieurs les Ducs
de Vendofme & de Fronfac : Monfieur le Grand
Prieur de France, Monfieur le Duc de Rets, Monfieur le Marefchal de Praflin, Meffieurs les Marquis
de Nefle & de Courtanuault, Monfieur le Comte
d'Auriac, de Zamet, de Palluau, de Bouteuille, de
Pontgibault, de Chalais, d'Vffel, & plufieurs autres
Seigneurs genereux & vaillans. Le bras d'eau paffé
à l'heure mefme le fleuue croift par la venuë de la
marée : de fe retirer n'y a nul moyen, il faut vaincre,

ou perir : on veoit de front l'ennemy : à dos vn
fleuue large & profond : à droicte & à gauche la
mer & des matais : mais les ennemis estonnez d'v-
ne course si prompte , sans ordre , sans combat entrepris ou medité, fuyent laissans pour gages de la
victoire , plusieurs enseignes, canons & bagages :
leur chef n'estimant pas qu'il luy faille combattre,
soit qu'il se trouue surpris & troublé par vne venuë
inopinée; soit (ce qui est plus croyable) qu'il fust
estonné de la Maiesté de vostre nom : il s'enfuit a-
uec quelques cheuaux par dedans des guez fan-
geux & pleins de sables mouuans, s'asseurant sur la
cognoissance qu'il a des lieux. Et c'est lors qu'vne
crainte & terreur aueugle saisist le camp des ennemis, ils ne sçauent où ils porteront leurs drappeaux,
& se retireront : leurs gens de pied fuyent aux vaisseaux, & y veulent monter pesle-mesle : Mais quoy?
ils manquent de pilotes & de matelots : & puis par
vn autre benefice de fortune, l'eau s'estoit abbaissée,
de sorte qu'il n'y a moyen de mettre les nauires en
mer : le riuage sec par la retraicte des eaux, faisoit
chemin à vos trouppes pour attaqu⬛⬛eux & leurs
vaisseaux qui estoient demeurez à bord. En ce rencontre il s'en tuë grand nôbre, s'en prend plusieurs;
& pour le reste, s'en estant fuy de desespoir par des
chemins incognus, & caché dans des bois & autres
lieux esloignez, est en fin indifferemment tué par
les paysans. D'vne fortune & diligence pareille,
vous attaquez Royan, dont la defection trauailloit
infectoit & Bourdeaux & tout le pays voisin : vous
prenez vous seul le soing de tout le siege, vous pres-
sez la ville, assidu que vous vous rendez dans les
tranchées pour encourager vos gens : ils se separent
en deux trouppes pour forcer les bastions de l'ennemy :

nemy : D'vn coſté Meſſieurs de Praſlin, de Baſſompierre, de la Rocheguyon, de Rochefort, d'Aloigny,
de Villequier, de la Frette, & autres grãds & braues
Seigneurs y font treſbien, nul de marque y eſtant
bleſſé que le ſieur de Refuge : mais de l'autre, cóme
on ſçait que la fortune de la guerre eſt ſouuent
trompeuſe, y meurent Meſſieurs de Humieres, de
Vaſſé, Baron de Mathas, de Ligondais, & quelques
autres : y ſont auſſi bleſſez le Cheualier de Souuré,
les Sieurs de Sancy Palmore, Guitaud, Boyer, S.
Martin, & autres : mais non ſans grande perte de la
part des ennemis, qui en fin rendent la ville, de laquelle le ſieur de Drouet eſt faict Gouuerneur ;
& apres ce, ſuiuant la compoſition qui leur eſt faite,
montent ſur leurs vaiſſeaux, & ſe retirent à la Rochelle : De ſorte que V. M. n'a remporté ſeulement
ceſte victoire qu'il a euë en l'Iſle de Riez, au prix de
peu de ſang des ſiens, mais encor a ſoubſmis en ſon
obeïſſance ceſte ville importante à ſon ſeruice, &
en ſuitte le Chaſteau de Taillebourg qu'elle com-
met au gouuernement de Monſieur du Hallier, les
villes de Saincte Foy, Clerac, S. Antonin, Thonins,
que Monſieur le Duc d'Elbeuf tenoit de long
temps aſſiegée, Carmain, Figeac, Cadenac, & pluſieurs autres places de ceſte Prouince qui ſ'eſtoient
rebellées, n'ayant perdu en tous ces ſieges, que les
Sieurs de Palluau & de Bethencourt, outre Monſieur le Duc de Rets & quelques peu d'autres qui
furent bleſſez à S. Antonin. Cependant vous ne
laiſſez de pouruoir au ſiege de la Rochelle : vous
dreſſez vne armée, que vous faites commander par
Monſeigneur le Comte de Soiſſons, & le faictes
aſſiſter de Meſſieurs de Vitry, de la Rochefoucauld,
de S. Luc, de Neſle, de Roüillac, de Senectere, Ar-

E

nauld, & autres braues Seigneurs qui font en cè
fiege mille & mille actions genereufes : Par voftre
commandement, de l'aduis de Monfeigneur le
Comte, & par la conduitte de cet excellent inge-
nieur Pompée Targon, les marais & canaulx fe fei-
chent : On y dreffe vn fort dans vn rocher, & tout
auprés des murailles de la ville : œuure admirable,
& faict d'vn artifice fingulier. Et pendant que tous
ces ouurages fe font, Monfeigneur le Comte n'a
ceffé, auec Monfieur le Marefchal de Vitry, & les
autres Grands qui font auprés de luy, de faire battre
les deffenfes & tours de la ville, faifant fuir les rebelles à toutes les occafions qui f'en font prefen-
tées, & à chaque moment les courant & donnant
iufques dans les portes, de forte qu'ils n'ont le moyē
de fourrager, encor moins d'approcher l'armée.
Mais comme ce fiege fe pourfuit, la guerre fe crie
en vne autre partie de la France. Le Comte de
Mansfeld auec quantité de gens de guerre s'efforce
d'y entrer : qui faict que Monfieur le Chancelier
de Sillery pourüoit à l'heure mefmes, comme il eft
de tres-grand iugement, à ce que voftre Paris, ou
pluftoft toute la France, ne reçoiue du dommage
de ces eftrangers qui la menacent : Monfieur de
Lomenie le pere, Confeiller d'Eftat, & Secretaire
de vos Commandemens, s'employe fans ceffe par
confeils & par lettres, à ce que chacun face fon deuoir. Monfieur le Duc de Neuers va de fon cofté
en fon Gouuernement de Champagne, où fe trouue
Monfieur le Duc d'Angoulefme : Eux à qui V. M.
auoit commis la charge de cefte guerre, vont au deuant de Mansfeld auec grandes trouppes de Caualerie & d'Infanterie, refolus de le combattre, &
d'empefcher fes inuafions : Mais craignant cefte

diligence & magnanimité Gauloife, mefmes vn fi
prompt appareil, il leue incontinent fon camp,
faifant fa retraicte vers les Eftats de Hollande, & le
Prince d'Aurenge, où il prend de noueaux confeils. Pendant ces chofes, Monfieur le Duc d'Efdiguieres qui dés fa premiere ieuneffe auoit faict plufieurs actions excellentes, auoit acquis tout l'honneur qu'vn braue foldat & vaillant Capitaine pou-
uoit obtenir, fe conuertit, auec toute fa famille, à la
religion orthodoxe & Catholique, & incontinent
apres, eft par vn commun applaudiffement de tous
faict Conneftable de France, qui a toufiours efté
cenfée la fupréme dignité de voftre Eftat, Monfieur
de Crequy luy portant l'Efpée marque de cet offi-
ce, & Monfieur de la Ville-aux-Clers l'ordre du S.
Efprit : Auquel temps le mefme fieur de Crequy eft
faict Marefchal de France, auec Monfieur de Baffompierre : & tous deux pour n'eftre ingrats de fa-
ueurs fi fingulieres, vous promettent leur foy, leurs
trauaux, & leur induftrie, s'eftimans peu recognoif-
fans enuers V.M. fi quand ils auroiét plufieurs vies,
ils ne les dónoient pour voftre feruice ; eftãt remar-
quable qu'en vne mefme année, voire en mefme
temps, ils ont efté conftituez en fi hautes dignitez ;
qu'enfemble ils vous ont & vtilement & fidellemét
ferui, en la conduicte de vos triomphes ; & encor
que tous deux n'ont iamais cedé à qui que ce foit
en affection, & deuotion particuliere à V. M. Cependant de l'aduis de voftre Confeil vous faictes
eftat de demeurer en Languedoc, quoy qu'impor-
tuné de grandes chaleurs, & dans vne faifon d'année fort dangereufe : & comme vous portez la main
vrayement Royalle pour foulager des Prouinces
tant affligéesvous donnez la charge de la guerre à

E ij

Monfeigneur le Prince , qui auec Meffieurs dé
Schomberg, de Baffompierre , & les trouppes Al-
lemándes , attaque les ennemis , & remet heureufement en voftre obeïffance les villes & chafteaux de fainct Gilles , Gignac , Aymargues ,
Lunel , Sommieres, & autres places dù bas Languedoc : Comme font de leur cofté Meffieurs les
Ducs de Vendofme & de Ventadour , qui par leur
vigilance & valeur contraignent les villes de Lom-
bez , Reniés, & autres du hault Languedoc, de fe
rendre. Or pendant que cefte guerre fe demefle,
Monfieur le Duc de Rohan la confiderant, comme
il eft prudent, mefmes le cours continu de vos victoires, tente encor vne fois la paix : & c'eft en ce
temps que meurent , au grand detriment de vos affaires , Monfieur le Cardinal de Rets, & Monfieur
de Vicq Garde des Seaulx. Voftre augufte & facré
Seau fe depofe entre les mains fidelles de Monfieur
de Pifieux , & s'en donne en fin la charge à Monfieur le Fébure de Caumartin , Confeiller en vos
Confeils; & outre cefte eminente qualité, comblé
d'ailleurs de vertus, & de toutes fortes de recom-
mandations d'efprit. C'eft encor en ce temps que
Monfieur Dauquerre Potier, Prefident en la Cham-
bre des Comptes, eft faict Secretaire d'Eftat, au lieu
de feu Monfieur de Seaux, comme Monfieur de
Gondy Abbé de S. Aubin , Euefque de Paris en la
place de Monfieur le Cardinal de Rets fon frere, &
depuis Archeuefque; comme vous auiez toufiours
defiré, & en fin obtenu de fa Saincteté que la ville
de Paris , la premiere du monde, le chef de ce flo-
riffant Eftat, le fiege de voftre Cour, le temple augufte de Themis, la demeure agreable des Mufes;
en vn mot le bouleuart inexpugnable de la Re-

ligion Catholique, fut illuftré de ce tiltre, & encor que mondit fieur de Gondy fuft le premier
qui en portaft le nom. Et ne faut que ie paffe ce
double tefmoignage de la bienvueillance du Sainct
Siege enuers voftre Maiefté, que Meffieurs de la
Valette & de Richelieu ont tous deux & à bon
droict obtenu l'honneur de la pourpre facrée. Cependant vous affiegez Montpellier ville forte d'habitans, & entierement poutueüe de foldats, & de
munitions de guerre : chacun s'eftonne de ce qu'a-
uec fi peu de trouppes, vous entreprenez vne chofe
fi difficile. Mais ce que le Sort feroit en vn autre
Prince, c'eft la Vertu feule qui le faict en vous : ce
qui en vn autre paroift temerité, en vous eft reputé
à bonne fortune : le falut vous eft affeuré, où les autres feroient en peril imminent : ce qui en vn autre
eft eftimé opiniaftreté, en vous eft force de courage : bref, ce qui feroit audace en d'autres, en vous
eft vne affeurance certaine. Et partant la ville n'eft
pas pluftoft affiegée, qu'elle fe prepare à l'obeïffance ; & eut leur deliberation forti effet, fans quelques
factieux du menu peuple, qui excitans du trouble,
fortent fecrettement fur voftre armée. Meffieurs de
Montmorancy, de Fronfac, de Baffompierre, & autres vaillans Seigneurs vont au deuant : on fe bat
vigoureufement d'vn & d'autre cofté, & y meurent
Meffieurs de Fronfac, de Beuuron, de la Motte,
Canillac, Hocquetot, Comballet, & autres : Monfieur de Montmorancy y eft bleffé, comme auffi
Monfieur de Canify, & quelque temps apres Monfieur de Zamet, qui bleffé d'vne moufquetade, en
meurt : (genre de mort dót Haute-fontaine l'vn des
affiegez finift fes iours, par la dexterité de ce braue
Seigneur de Thoiras.) Apres cefte fortie le fiege

se pourfuit : on amaffe de toutes parts des trouppes dans les Seuennes pour le fecours de la ville. De forte qu'il faut que vous alliez au deuant du peril : & de faiƈt, S I R E, vous eludez courageufement auec la mefme fortune qni toufiours vous auoit affifté, & rendus vains de fi grands efforts : Car (ce qui vous foit à loüange eternelle) combien de fois auez-vous voulu faire les principales charges non feulement du fiege, mais encor de ce combat ? combien de fois depofant la grandeur de V. M. auez voulu vous ieƈter dans ce peril certain, auec les Seigneurs & Gentilshommes qui vous affiftoient ? Car comme les gens de guerre fe relafchent par la timidité du Prince, auffi font-ils animez & enflammez par fon courage. Par voftre exemple ces Seigneurs f'excitoient, & certes auec raifon : Car il eftoit tellement important de repouffer ces trouppes, qu'il eftoit en l'efprit, & des ennemis, & de vos gens mefmes, qu'il ne falloit ailleurs refifter, ny faire paroiftre fa valeur, d'autant que les affiegeans attendoient la fin de leurs trauaulx de cefte deffaiƈte, comme au contraire les affiegez reprenoient force & courage, fi ces trouppes entroient dans leur ville : En vn mot l'entrée ou la deffaiƈte de ce fecours, alloit à la prife de la ville, ou la leuée du fiege ; comme l'euenement l'a monftré en ce que peu de iours apres, elle fe remet en voftre obeiffance. Or Monfieur le Duc de Rohan confiderant tous ces fuccez heureux & profperes, preffe la paix tant qu'il luy eft poffible, & faiƈt en forte qu'en fin elle eft concluë : Qui eft l'endroiƈt où vous, Prince inuincible, auez dauantage éleué voftre Clemence, qu'abaiffé V. M. auez dauantage augmenté voftre Grandeur, qu'affoibli voftre Puiffance ; & auez faiƈt telle grace à vos

ennemis, que vous auez remis l'iniure receuë à leurs
prieres, & à la bonté Royalle qui vous faiÆ reluire
par deſſus tous les autres Princes: bref auez pluſtoſt
reſolu d'eſlargir voſtre miſericorde enuers ceux qui
vous ſupplient, que ſeuir meſmes du plus petit cha-
ſtiment à l'endroiÆ des rebelles : ou pour mieux
dire (car il eſt equitable à vn pere de famille) vous
auez mieux aymé pardonner & au ſang de vos ſub-
ieÆts, & à tant d'excellentes villes, & ouurages qui y
ſont, que de faire reſſentir la peine que l'offenſe qui
vous eſtoit faiÆte , meritoit, non ſeulement aux
coulpables, mais meſmes à des murailles & forte-
reſſes : tellement que par ce moyen vous vous eſtes
faiÆt paroiſtre non Prince faſcheux , mais courtois;
non rude vainqueur , mais ſouhaitable ; non inhu-
main ; mais doux & benin. Victorieux donc vous
ſoubſmettez Montpellier à voſtre puiſſance, & y
entrez ayant enuoyé deuant Meſſieurs les Mareſ-
chaux de Crequy & de Baſſompierre. Niſmes , Ca-
ſtres , & Vtique , enſemble toutes les villes & chaſteaux de Languedoc, meſmes Montauban, ſuiuent
ceſte fortune. Mais comme ces choſes ſe paſſent,
ſe faiÆt vn grand & perilleux combat de mer. Voſtre
armée nauale partant de Marſeille auoit à la verité
faiÆt vn voyage long & tardif, mais heureux: & ayãt
ioint les nauires magnifiques de Monſieur le Duc
de Neuers, & encor les autres vaiſſeaux qui attendoient ſa venuë, eſtoit arriuée à la coſte d'Aulnis.
Les Rochelois qui en auoient aduis auoient auſſi
mis leurs voiles au vent , de ſorte que Monſieur le
Duc de Guyſe chef de ceſte armée ayant pris le conſeil de Meſſieurs de la Rochefoucauld, de S. Luc,&
autres premiers Capitaines, encourage ſes gens de
guerre, par le moyen de petits vaiſſeaux courãs çà &

là, & ainsi au premier son de trõpette les bannieres Royalles despliées, attaque genereusement les en-nemis. Lors il ne faisoit aucun vent, & la mer estoit fauorable au galion & autres galeres pour combat-tre, de sorte que soubs vos auspices on va heureuse-ment à la charge : & encor que les ennemis essayét de brusler la Generalle, toutesfois le feu est promp-tement esteint par le sieur de Vinciguerre Capi-taine tres-experimenté. Le combat dure iusques à la nuict, les deux armées se defendent courageuse-ment ; mais en fin, & petit à petit les Rochelois se retirent du peril éuident qu'ils encourent , leurs vaisseaux çà & là dispersez, & sans ordre : plusieurs y sont blessez, plusieurs tuez, plusieurs submergez, & y tomberent pesle-mesle, soldats, pilotes, forçats, mesmes des Gentilshommes, entre autres le sieur de Vinciguerre : & toutesfois ne se peut dire que le desaduantage ne fut du costé des ennemis, soit que l'on considere les vaisseaux mis à fonds, soit les sol-dats perdus. Côme aussi les Destins requeroiét que vous, Grand Roy, qui auez merité tant de palmes sur terre, remportassiez ces glorieux trophées de la mer, & encor que l'Ocean portast sur le flux & re-flux de ses ondes volubles le cours de vos victoires, en Europe, Asie, Afrique, bref en toutes les par-ties du monde les plus esloignées. Cependant le combat n'est plustost acheué, que la Rochelle ne vous promette par les Deputez qu'elle enuoye à Monseigneur le Comte de Soissons, l'obeïssance & la foy. Ce qu'estant faict, & la paix par ce moyen arrestée & concluë, Monseigneur le Prince s'esti-mant obligé d'vn vœu qu'il auoit faict, va en Italie pour s'en acquitter à Nostre Dame de Lorette : De là à Rome, où il recognoist auec combien de loüan-ges

ges, on exalte les trophées que vous auez acquis fur
vos ennemis, les hazards, & les fortunes dont vous
vous estes desuclopé, trauaillant pour la Religion
de Dieu : Mais en cela quelles merueilles si le peuple vous loüe auec tant d'affection, puisque le S.
Pere mesmes, la Saincte Eglise Romaine, & les Cardinaux Illustrissimes sont rauis en admiration de
vos merites, vous estiment si pieux & si magnanime, qu'ils espandent soigneusement leurs prieres
pour V. M. instituant des processions publiques
pour en rendre graces à Dieu? Et certes, SIRE,
vous l'auez grandement merité; car tousiours vous
estes-vous monstré Protecteur de la dignité Ponti-
ficale, & marchant sur les pas de vos predecesseurs
Roys Tres-Chrestiens, auez par tout professé que
vous ne cederiez à qui que ce soit des Princes du
monde Chrestien en l'obseruance & l'affection
qui est deuë à l'Eglise Catholique & Romaine; vous
conseruant en ce tiltre excellent acquis par vos
ayeulx de Fils aisné de l'Eglise, & renouuellant en
vostre personne toutes les graces qu'ils ont iamais
eu du S. Siege. Cependant ce Prince en vostre cō-
sideration est non seulement bien receu, & auec
magnifique appareil, dans la Cour de Rome, mais
encor dans toute l'Italie; comme il est certain que
le nom de V. M. y est en grande veneration, se voyãt
par tout, dans les places publiques, dans les Eglises,
dans mesmes les maisons des particuliers, de vos
images & tableaux qui en plusieurs sortes sont re-
üerez par les Italiens, & par les autres estrangers
qui y abondent. Or comme Monseigneur le Prince
passe les Alpes, vous d'vn autre costé allez en Prouence, voyez les villes & chasteaux d'vne prouince
tant agreable, & estes par tout magnifiquement

F

salué, & auec les applaudiſſemens d'vn chacun. De
là vous allez en Auignon, où V. M. eſt encor receuë
par le commandement expres de ſa Sainĉteté, auec
grand honneur, & concours de tous les peuples
qui y ſont: Les citoyens vont au deuant de vous
iuſques hors de leurs murs, vous saliient le genoüil
en terre, & vous offrent entrant dans la ville des
monnoyes d'or, qui d'vn coſté portent l'emprainte
de voſtre face, & au reuers la cité d'Auignon. Au
reſte en tous les carefours & places publiques, on
ne voit qu'arcs triomphaux; & ce qui eſt remar-
quable, comme vous marchez ſoubs le daiz, monté
ſur vn cheual blanc, vont deuant vous Monſieur le
Duc d'Eſdiguieres portant nuë en la main l'eſpée
de Conneſtable, & Monſieur de Liencourt premier
Eſcuyer, portant voſtre eſpée Royalle toute ſemée
de fleurs de lys: Meſſieurs les Ducs de Neuers, de
Montmorancy, d'Eſpernon, de Luxembourg, &
tous les autres Seigneurs ſuiuás. Le peuple, meſmes
les priſonniers qui par commandement du Pape a-
uoient eu liberté, ſont de toutes parts des acclama-
tions: bref, (ce qui n'auoit iamais eſté veu, & peut-
on bien dire que cet honneur ſ'eſt rendu par ſa
Sainĉteté & par le Sainĉt Siege à vous ſeul) on y
rend Iuſtice ſoubs voſtre nom. Ayant receu auec
grande courtoiſie Monſieur le Duc de Sauoye qui
vous y viét voir, vous vous acheminez en Daulphi-
né & à Grenoble, où vous pouruoyez à toutes les
villes & chaſteaux de la Prouince: & puis en fin allez
à Lyon, où encor vous eſtes receu auec grand appareil de la part des habitans, & auec ioye incroyable
de la part des Reynes voſtre Mere & chere Eſpou-
ſe, qui accroiſſent de leur preſence, comme d'vne
double diuinité, voſtre Majeſté Royalle. Or ayant là

pourueu à vos affaires, tant domeſtiques qu'eſtran-
geres, vous reprenez incontinent le chemin de Paris. Va au deuãt de vous Monſieur Frere vnique de
voſtre Majeſté, Prince illuſtre, & par la preſence
duquel, & Paris, & toute la France de deça ſ'eſtoit
entierement conſeruée ſoubs vos auſpices, & ſoubs
la puiſſance de voſtre genie: Voſtre entrée a eſté
veuë magnifique, & pleine de pompe & de ſplendeur. Pluſieurs milliers de gens de pied & de cheual paroiſſent en campagne : les compagnies de la
ville diſtinctes par la varieté des couleurs, & le bril-
lant des armes, ſe remarquent encor par la diuerſité
des enſeignes de leurs Chefs, qui les deſployans dãs
la plaine, vous reçoiuent auec allegreſſe, ainſi que
vous approchez triomphant de leurs murailles. Les
Grands du Royaume vous precedent & vous ſuiuent tous reſplendiſſans des ornemens precieux
de leurs armes, habits & cheuaux: Et quant à vous,
Grand Roy, vous y paroiſſez d'vn viſage de roſe
& quaſi celeſte, venerable par les regards ſerieux &
militaires que vous auez, & ſeul digne d'eſtre regardé par les ornemens decens dont vous eſtes
couuert: ſemblable à cet oiſeau du Soleil le Phenix,
lors que retournant des extremitez de l'Orient, il
repaſſe les riuages du Nil, attirant à ſoy les Aigles
meſſageres de Iupiter; qui admirans ſa beauté, &
ſuiuans l'odeur des parfums dont il embaume l'air,
l'accompagnent par tout le monde, reſplendiſſant
qu'il eſt de l'or & des couleurs diuerſes dont ſon
plumage eſt peint. Bref, ſe peut dire que le iour que
vous entraſtes dans Paris, fut plus doux, ne plus ne
moins que ſi les aſtres euſſent eſté transferez au
trauers de l'aſpreté, & de l'inclemence de l'hyuer:
Et fut d'ailleurs tellement augure d'vne future &

perpetuelle tranquillité, qu'à tout iamais il doibt estre distingué des autres, par vne annuelle celebration. Veu mesmes que ce fut le temps que Monsieur de Caumartin estant inopinément decedé, vous redonnez les Seaux à Monsieur le Chancelier de Sillery, soubs les auspices duquel il est sans doute que la saincte Themis, & les Muses ses cheres compagnes fleuriront & reuerdiront plus que iamais, apres tant & tant d'orages & de tempestes des guerres ciuiles, & ayant pour protecteur vn Prince si Iuste. Il ne faut aussi que i'oublie, comme vn tesmoignage d'inclination de bien-vueillance, que vous faictes Monsieur le Marquis de la Vié-ville Surintendant, Monsieur le President de Champigny Controolleur general, & Monsieur de Beauclerc, Intendant de vos finances. Enuiron ce temps le Serenissime Prince de Galles fils du Roy de la grande Bretagne passa par la France, accōpagné de Monsieur le Marquis de Bouquinghan, pour s'acheminer en Espagne : Estant à Paris, il fut au Louure, soubs la conduicte de Monsieur de Preaux, qui non plus que les autres ne le cognoissoit ; vous saluë, raui qu'il est en admiration tant de vostre Vertu, que de la prestance militaire qui reluit en V. M. se pouuant dire que deux grands Princes se sont regardez l'vn sans cognoistre l'autre, tous deux resplendissans de la grace qui brille en leurs visages, & tous deux renouuellans par la vigueur martialle qui abonde en leurs courages, l'honneur haut & releué des vertus & maisons paternelles. Enuiron ce temps aussi, ou peu apres, le tres-sainct Pere Maffée Barberin, qui a ramené les Muses les plus elegantes en Italie, & les lettres duquel, illustres & Chrestiennes, viuront eternellement, est par la pro-

uidence Diuine faict Pape au lieu de Gregoire X V.
decedé,& s'est nommé Vrbain VIII. Et certes c'est
par la grandeur de sa doctrine, par la saincteté de sa
vie, par sa prudence & estude des arts & des scien-
ces sacrées, que ce tres-heureux Pere soustient au-
iourd'huy, & auec dignité, la souueraine charge du
Pontificat , & l'honneur du tres-sainct siege Ro-
main ; que Dieu vueille que ce soit long temps.
C'est luy, Grand Roy, qui d'vn hymne elegant,
terse, pieux & veritable, a si dignement loüé Sainct
Louys.vostre grand ayeul , & auec luy toute vostre
France : & comme il estoit en vostre Royaume,
Nonce du Pape Paul V. fut faict Cardinal : Et certes vostre France luy fut heureuse, puis que par ce
moyen elle luy feit passage à ce degré supréme
d'honneur: ce luy fut vn flambeau pour le faire
marcher à si haute dignité,ou pour dire plus verita-
blement, ce fut le bien-heureux S. Louys qui l'y
assista, & par le moyen duquel il est paruenu à l'auguste & souuerain siege de S. Pierre, solstice de
tous honneurs. Enuiron ce temps aussi Paris a esté
miserablement affligé de peste , premierement par
la hantise des villes voisines, & puis par l'infection
de l'air, corrompu de pluyes, de froid, & de chaud
qui se succedoient l'vn à l'autre : Plusieurs, & de
tous aages, sexes, & conditions sont morts, partie
de contagion,partie de faim, de miseres, & d'affli-
ction. Nul quartier n'a esté sans tristesse & sans
dueil : & mesmes beaucoup s'en estant de peur allez aux champs pour trouuer leur salut dans la fuitte, est aduenu que tous les villages circonuoisins
ont esté pleins de mortalitez, & que les bourgeois
qui s'y estoient retirez, y sont morts la plus part
faute de secours. Ceux qui assistoient les mala-

des dans les hofpitaux , & les penfoient , ont
prefque tous efté frappez de ce mal : on ne voyoit
chacun iour qu'enterremenps : les corps gifoient
morts en prefence de ceux qui n'attendoient que
femblable malheur : on ne trouuoit perfonne qui
vouluft enfeuelir , ou porter les defuncts en terre ;
tant les morts infectoient les malades, & les malades ceux qui eftoient fains. Vous d'ailleurs, S I R E,
n'eftant loing de la ville, preuoyez & pouruoyez
fagement, que les remedes eftans defefperez, vn fi
grand mal ne f'eftende plus loing, mais que de fi
mauuais temps, fe terminent en fin foubs le bon-
heur de vos faincts aufpices. De faict, Paris qui
auoit efté laiffé vuide de peuples, comme vn defert,
eftant liberé de ce mal contagieux, & encor de vo-
leurs & affaffins, eft rendu à vos bons citoyens, par
le foing de vos principaux Magiftrats : de forte
que les nuages & brouillars de peftilence eftans
chaffez & diffipez, vn iour clair, ferein & falubre,
leur a heureufement fuccedé. Cependant vous ho-
norez de l'eminente dignité de Garde des Seaux
auec l'applaudiffement de tous , Monfieur Hali-
gre, recommandable non tant par la force de fon
efprit,& affection qu'il porte à la Iuftice, que par
fa prudence, pieté, doctrine & longue experience
des affaires ; tant vous qui recognoiffez auec vn iugement fingulier la vertu des hommes, fçauez dignement donner les recompenfes à proportion
de leurs merites. Vous faictes le mefme fieur
de Beauclerc Secretaire de vos commandemens,
& en fa place Monfieur Tronfon Intendant de
vos finances : Et en mefme temps donnez ordre
à ce qui eft de l'eftabliffement de vos affaires, &
veillez inceffamment à la feureté de voftre Eftat,

tant dedans que dehors leRoyaume.Mais vous,ma
France, refiouïffez-vous du fort heureux qui vous
accompagne, en ce qu'il eft plus aduantageux de
poffeder voftre Empire, que celuy de toute la terre,
puis que vous feule contenez tout ce que la terre
poffede de beau : & encor en ce que vous auez vn
Prince Iufte & magnanime, en l'efprit duquel toutes les vertus les plus excellentes & plus dignes de
commander, concourent auec des felicitez & loüä-
ges nompareilles : Penfez que le Ciel vous a donné
vn Roy, qui veille auec tant de foing pour le falut
public, que preuoyant, il efloigne de vous les armes
eftrangeres, & fe rend formidable tant aux ennemis
domeftiques, qu'à ceux de dehors; qui apporte vne
prudence finguliere en fes Confeils, vne diligence
incroyable aux guerres qu'il entreprend, & repouf-
fe les perils auec autant de force d'efprit & de courage, que de felicité : Qui en Religion, pieté, innocence, fobrieté, & au faict d'armes excelle par def-
fus tous les Princes de la terre : Qui magnanime
fouftient d'vn front pareil, tant les profperitez que
les aduerfitez : Qui ne f'eft iamais amolly dans les
voluptez & delices, ny fouffert trouble vehemént
en fon efprit : Prince qui ne receuant comparaifon
auec quelque autre que ce foit, tant pour les parties
excellentes qui regnent en fon ame, que pour les
grands aduantages qu'il a dans les affaires, f'eft
monftré vigoureux, en la fleur mefmes de fa ieuneffe, pour le gouuernement de fon Eftat. Tout ainfi que l'enuie ne trouue en luy que reprendre, auffi
fe comporte-t'il auec tant de raifon, qu'il n'a iamais
rien faict, ou par concupifcence, ou par colere, ou
par temerité : Qui a auffi peu de haine & de rudeffe,
comme il a beaucoup de candeur, & de bonté :

Qui par tout est reputé aussi grand en sa Fortune,
qu'incomparable en sa Vertu : Qui comme il a esti-
mé excellent & magnifique de vaincre ses ennemis,
ainsi a-il iugé & pieux & loüable de pardonner à
vne miserable & folle populace : Qui en fin comme
ses guerres & victoires ont merité des loüanges,
& gloire immortelle , merite par sa douceur &
bonté, l'amour, l'obeïssance & la fidelité de tous
ses subiects.

F I N.

IN

IN REDITVM
LVDOVICI IVSTI
REGIS CHRISTIANISS.
ET INVICTISSIMI.

Los Regum, noua spes hominum, noua
    cura Deorum,
  Dum petis illæsæ venerandam Virginis
    ædem,
Fida præit rutilis volitans Victoria pennis,
Vrbésque euersas atque oppida capta recenset :
Ponè sequens fulget titulis operosa superbis
Æternos cumulans tibi Gloria parta triumphos.
Assidet hinc lateri Pallas, Themis assidet illinc :
Illa manu populos cogit sub fræna rebelles;
Hæc merita & vitas populorum & crimina pendit.
  Parte alia festos populosa Lutetia plausus
Edit, & argenti fulgore micantibus armis,
Et nitidis gemmis ostróque insignis & auro,
Fœlicem tibi perpetuo clamore salutem
Optat; & ereptum celebrans ex hoste trophæum,
Et spolia & lauros; tibi sacri thuris honorem,
Próque tuo reditu voti pia debita soluit.
  Nempe aberas nostris dum longiùs actus ab oris,
Vere licèt medio, piceum vaga nubila cœlum

G

Fœdabant, riguifque effufi nubibus imbres:
Dum remeas, gelidæ per triftia tempora brumæ
Mitefcit cœlum, & folito fit blandior æther:
Dúmque aberas, populi lachrymarú flumina paffim
Fundebant, certa ingentis monumenta doloris;
Dum remeas, oculis cadit vndique defluus imber,
Lætitiæ gratíque animi memorabile fignum.

    Sol quoque, dũ tu aberas, matura æftate tepebat,
Vdáque furgebant frigente crepufcula Phœbo;
Dum redis, augufti iubar admirabile vultûs
Oftendis, placidúmque tuis generofus amorem
Omnibus infpiras, fpecie præfentis inardent
Principis, & flamma iam iam propiore calefcunt.

    Sic vbi cœlefti Sol omnia lumine luftrans,
Quò propiùs radios vel longiùs exerit orbi,
Naturæ mundíque vices & fœdera mutat
Vt lubet, & cœli motus variabilis omnes;
Et pelago ac terris dominatur & imperat aftris.

    Sic leges anni varias & tempora vertis,
Sic ad vota Deos, homines, Elementáque flectis
Victor, & à nutu pendentem confpicis Orbem.

ABELIVS SAMMARTHANVS
ScÆvolÆ Fil.

Anno 1622.

AV ROY SVR SON RETOVR.

Traduction des vers Latins du Sieur de SAINCTEMARTHE.

LOVYS, *fleur des grãds Roys, du monde la merueille,*
En qui la Terre espere, & pour qui le Ciel veille,
LOVYS, *quãd vous entreʒ au Temple où cent autels*
Sont sacreʒ à la Vierge, honneur des immortels,
La Victoire pompeuse en l'esclat de ses ailes
Vole, & va deuant vous, racomptant pour nouuelles
Aux peuples de l'amour de vos gestes espris,
Les sieges des Citeʒ, que vos Armes ont pris.
La Gloire suit apres, que vous aueʒ acquise,
Qui le chef reluisant d'vne dorure exquise
De tiltres & de noms l'vn dans l'autre enlaceʒ,
Eternise à iamais vos triomphes passeʒ.
Pallas & Themis sont à vos costeʒ fidelles,
Pallas qui va domptant soubs le frein les rebelles,
Et Themis qui faisant des actions le chois,
Distingue les vertus, des vices à son poids.
Paris d'vne autre part frappe de cris les nuës,
Et ioyeux applaudist à vos trouppes venuës :
L'argent qui releué dessus ses armes luit
Perce de maint esclair les ombres de la nuict.
Tout couuert de brillans, il vous suit dans ses places,
Crie, & prie le Ciel, qu'il vueille de ses graces
Continuer le cours de vos prosperiteʒ,
Celebrant & l'honneur des lauriers emporteʒ,
Et vos trophés chargeʒ de despouilles, & d'armes,
Qui fut le vœu qu'il feit au milieu des alarmes,
Et duquel il s'acquitte à vostre heureux retour.
Et certes si sortant de cet aymé sejour,

(C'eſtoit en la ſaiſon que la terre ja verſé
De mille & mille fleurs a la face couuerte,)
Le Ciel qui nous voyoit priuez de vos regards,
Gros, & noircy de dueil, pleuroit de toutes parts :
Or que vous retournez, ce meſme Ciel s'appaiſe,
Et quoy qu'en plein hyuer, rit & s'eſclaircit d'aiſe.
Si vos peuples outrez des plus viues douleurs,
Fondoient pour voſtre abſence en des torrens de pleurs,
Or que vous reuenez, ils eſpandent de ioye,
Des pleurs que voſtre aſpect en l'ame leur enuoye.

Bref (vous eſtant abſent) ſi le Soleil monté
Au degré le plus haut de l'horiſon d'Eſté,
Se reſſentoit du froid, & ſoubs les Canicules,
Voyoit le plus ſouuent geler ſes crepuſcules :
Ores que vous monſtrez l'admirable ſplendeur
De voſtre diuin front, & que remply d'ardeur
Vous bleſſez doucement tout œil qui vous regarde
Des traicts que voſtre amour dedans l'ame luy darde,
Vos ſubjects cy deuant de deſeſpoir gelez,
Sont de voſtre feu proche à l'inſtant conſolez.

Vous reſſemblez, Grand Prince, à ce bel œil du monde:
Car comme il va changeant en ſa courſe feconde,
Les plus fermes arreſts du Temps & des Saiſons,
Selon que loing ou prez il veoit de ſes maiſons
L'air, la Terre, & les mers diuerſement courantes,
Obiects aſſubiectis à ſes flammes errantes :

Ainſi renuerſez-vous & les ans & les mois,
Ainſi flechiſſez-vous, vainqueur, deſſoubs vos loix
Les hommes, & les Dieux, les Elemens encore,
Si que le Monde entier, qui ſoubmis vous adore,
N'a point en ſa rondeur de decret arreſté,
Qui ne ſoit dependant de voſtre volonté.

M. DC. XXII.　　　　　DV IOVR.

www.ingramcontent.com/pod-product-compliance
Lightning Source LLC
Chambersburg PA
CBHW061703180626

46818CB00003B/1233